Ní Banphrionsa Mé!

scríofa ag Patricia Forde

maisithe ag Joëlle Dreidemy

Leabhair eile le Patricia Forde
atá foilsithe ag Futa Fata:

Cití Cearc
Binjí – Madra ar Strae
Mise agus an Dragún

Lísín

Ní Banphrionsa Mé!

Futa Fata

Do Shorcha Crumlish, foghlaí mara as An Spidéal – Patricia

Do Juliane, banphrionsa álainn, greannmhar,
craiceáilte as An Danmhairg! – Joëlle

Foilsithe den chéad uair ag
Futa Fata, An Spidéal, Co. Na Gaillimhe, Éire

An chéad chló © 2013 Futa Fata

An téacs © 2013 Patricia Forde
Maisiú © Futa Fata

Tá Futa Fata buíoch d'Fhoras na Gaeilge faoin tacaíocht airgid.
Faigheann Futa Fata tacaíocht ón gComhairle Ealaíon dá chlár
foilsitheoireachta do pháistí.

ISBN: 978-1-906907-84-6

Caibidil 1

Plean seafóideach!

Is mise Lísín. Is mé an t-aon fhoghlaí mara i Scoil na bPáistí Deasa. Agus a leithéid de scoil aisteach! Inné, tháinig Múinteoir Sailí isteach agus ghlaoigh sí le chéile muid.

"Anois a pháistí!" ar sise. "Táimid chun dráma a dhéanamh!" "Úúú!" arsa na páistí deasa. '*Na Banphrionsaí Bándearga*', an teideal atá air!" "Uch!" arsa mise. "Is fuath liom bándearg..."

Thug Múinteoir Sailí amach na scripteanna.
Léigh mé an scéal.
Fadó , fadó, bhí seachtar banphrionsa ann. Rug
draíodóir gránna orthu agus chuir sé sa túr iad.

Ar an leathanach deiridh,
tagann Prionsa Dathúil ar
chapall bán agus sábháileann sé iad.
A leithéid de sheafóid!

Níor cheap Mamó mórán den dráma ach an oiread.
"Draíodóir gránna? Prionsa dathúil?
Níl fhios agam faoi sin," ar sise.
"Chonaic mé draíodóir dathúil uair amháin,
agus prionsa gránna, más cabhair ar bith é sin!"

Chuaigh mé chuig Múinteoir Sailí an mhaidin dár gcionn. "An féidir liomsa páirt an Draíodóra a dhéanamh?" arsa mise léi.

"An Draíodóir Gránna?" arsa an múinteoir.
"Ach a Lísín, a stoirín, is tusa an Banphrionsa Róisín. Beidh gúna álainn ort, agus bréagfholt le gruaig chatach agus…"
"Stop!" arsa mise.

"Is foghlaí mara mé. Níl mé ag iarraidh bheith i mo bhanphrionsa!" "Ach a Lísín," arsa Múinteoir Sailí. "Nach maith le gach cailín gléasadh suas?"

An lá dár gcionn, bhí cleachtadh againn. Rinne mé dearmad ar mo chuid línte. Sciorr mé ar an ngúna fada. Thit an folt gruaige díom.

"Ní féidir léi siúd bheith sa dráma!" arsa Claudine.
"Ní banphrionsa í! Beidh an dráma millte aici!
Tá éadan salach aici, agus tá mé cinnte go bhfaca
mé claíomh ina stoca!"

Caibidil 2

An Draíodóir Gránna

"Claíomh!" arsa máistir Breandán. "De réir riail
44335, níl cead claíomh a thabhairt ar scoil!"
"Anois, anois!" arsa Múinteoir Sailí.
"Níl taithí ag Lísín ar dhrámaí, sin an méid!
Tosaigí arís!"

An rud ba sheafóidí sa dráma ná na banphrionsaí.
Chaith siad an t-am ar fad ag caint faoi ghúnaí
agus gruaig agus smideadh!

Is dá bhfeicfeá an Draíodóir Gránna! Eoin Searlús a bhí sa pháirt, agus tá a fhios ag an saol mór nach gcuirfeadh Eoin Searlús faitíos ar scadán! Cuireann scadáin faitíos AIR SIÚD!

Agus ansin, chonaic mé an Prionsa Dathúil é féin:
Gréagóir G. Galánta a Dó.

Tá prionsaí feicthe agamsa, agus níl Gréagóir cosúil le haon phrionsa dá bhfaca mé riamh.
Tá sé chomh dathúil le ronnach, agus tá guth aige a chuirfeadh náire ar fhaoileán!

Faoi dheireadh, tháinig an lá mór.

"Isteach libh sa seomra ranga," arsa Múinteoir Sailí.

"Agus cuirigí oraibh bhur gcultacha!"

Ní raibh an dara rogha agam. Chuir mé orm an gúna agus an ghruaig agus d'fhéach mé sa scáthán.

Ícc! Bhí fonn múisce orm…

"Anois! Smidiú!" arsa Claudine. Rith mé ón seomra.

Ní raibh duine ar bith chun smidiú a chur ORMSA.

Caibidil 3

An caisleán bándearg

Chonaic mé go raibh Múinteoir Sailí beagán trína chéile. Rinne mé socrú léi. "Déanfaidh mé an dráma, ach ní chaithfidh mé an folt gránna gruaige sin!"

Tháinig cúpla Daid isteach chun cúnamh
a thabhairt an stáitse a réiteach.

Chuir siad suas an Túr ar dtús.
"A haon! A dó! A trí!"

Ansin thosaigh siad ar an gcaisleán. Bhí sé peinteáilte anois – bándearg agus buí.

26

Ní fhaca mé caisleán chomh déisteanach leis riamh!
Tharraing siad ar na rópaí agus suas leis.

Ansin, cheangail athair Eoin Searlús an rópa den fháinne miotail a bhí san urlár.

"Hé!" arsa mise.

"Ní mar sin a cheanglaíonn tú é!"
"Déan mar a dhéanann foghlaí mara é agus cuir snaidhm dhúbalta ann!"
Ach níor éist sé liom.

MÍCHEART!

CEART!

29

"Rith leat anois a chailín beag," ar seisean.
"Lig domsa aire a thabhairt de seo."
 Ha! Ní raibh cliú aige!

Caibidil 4

Seachain!

Bhí sé in am don drama tosnú. Bhí na banphrionsaí an-neirbhíseach, ach ba chuma liomsa.

Nuair atá taithí agat ar stoirmeacha agus foghlaithe, ní bhíonn faitíos ort dul ar stáitse!

Suas leis an gcuirtín.

"Ha ha!" arsa an Draíodóir Gránna.

"Anois tá sibh agam!"

"Úúúúú!" arsa na cailíní eile.

A leithéid de dhráma leadránach!
Bhí Eoin Searlús chomh scanrúil le babaí róin.

Ansin bhí orainn fanacht ar an bprionsa.

D'fhéach mé amach ar an lucht féachana.

Chonaic mé Mam agus Daid agus Mamó amuigh sa halla. Bhreathnaigh siad go hiontach lena bhfáinní cluaise agus a gcuid éadaí ildaite!

Ar an stáitse, bhí Eoin Searlús fós ag caint:
"Anois beidh díoltas agam!" ar seisean
agus é ag iarraidh bheith crosta.
Ach bhí sé ag crith leis an eagla.
Ansin, chonaic mé rud eile –
bhí an caisleán ag bogadh!

37

Caibidil 5

Fág an bealach!

"Titfidh an caisleán sin!" a dúirt mé liom féin.
"Titfidh sé ar an draoi agus an prionsa!"
Ní raibh nóiméad le cailleadh.

Rug mé greim ar rópa os mo chionn.
"Ahoy!" a bhéic mé. Ansin, léim mé!

Amach liom, is mé ag luascadh ar nós moncaí!
Ba bheag nár thit Múinteoir Sailí i laige.
Thíos fúm, bhí an prionsa fós ag bladaráil!

"Féach uirthi!" arsa Claudine. "Tá an dráma millte aici!" Leis sin, bhog an caisleán arís.

An uair seo, chonaic gach duine é.
Rug mé greim ar rópa an chaisleáin.

An chéad rud eile ná "CRÍÍÍC"
mór millteach!
Ansin, suas leis an
gcaisleán ina
sheasamh arís.
Phléasc an lucht
féachana amach ag béiceach!

"Hurá!" arsa Múinteoir Sailí

"Hurá!" arsa Múinteoir Breandán

"Hurá!" arsa na banphrionsaí.

"Hurá!" arsa An Draíodóir Gránna
agus An Prionsa Dathúil.

"Ahoy!" arsa mo chlann sa lucht féachanna, agus chaith siad a gcuid hataí foghlaí mara san aer le háthas.

Bhain gach duine an-taitneamh as an dráma ina dhiaidh sin!

"Maith thú a Lísín!" arsa Múinteoir Sailí.
"Murach tusa, bheadh timpiste uafásach ann!"

"Sea," arsa Claudine. "Uaireanta is maith an rud é foghlaí mara a bheith agat i ndráma – cé go bhfuil éadan salach fós uirthi!"

Sea. Is mise Lísín. Is mé an t-aon fhoghlaí mara i Scoil na bPáistí Deasa. An chéad fhoghlaí go dtí seo ar aon nós!